Festtage des Lebens

AF211379

Nachdruck oder Vervielfältigungen...

Gerd Egelhof

Festtage des Lebens

Gedichte

Bibliografische Information der Deutschen Nationalbibliothek
Die Deutsche Nationalbibliothek verzeichnet diese Publikation in der
Deutschen Nationalbibliografie; detaillierte bibliografische Daten sind
im Internet über http://dnb.d-nb.de abrufbar.

Illustrator für Buchcover: Klaus Bräunlinger
© 2006 Gerd Egelhof
Satz, Umschlagdesign, Herstellung und Verlag:
Books on Demand GmbH, Norderstedt
ISBN 10: 3-8334-6148-9
ISBN 13: 978-3-8334-6148-4

Inhalt

EINE GUTE FIGUR IST KEINE
EINBAHNSTRASSE   9

IN HELLER AUFRUHR   10

DAS BEACHTUNGSHÄSCHEN   11

DIE FRAU DES APOTHEKERS   18

AUCH BLONDINEN KÖNNEN EIN
WUNDER SEIN   19

WARTEN AUF DIE FRAU FÜRS LEBEN   21

RENAISSANCE DES LÄCHELNS   22

DIE KATZE AUF DEM FENSTERSIMS
-für Simba-   23

DER GETRÄNKELASTER   24

IN DER CHIRURGISCHEN AMBULANZ   26

DER WEGGEFÄHRDER   27

SIE LÄUFT UND LIEST   29

ZAHNFLEISCHBLUTEN   31

KINDER AN DIE MACHT!   34

FESTTAGE DES LEBENS   35

DER EINWOHNER   36

DER TAG, AN DEM DIE BABIES STREIKTEN 37

ANDERS ARTIG 39

TV LADYLIKE 40

PHILOSOPHEN UNTER SICH 44

U STATT E 47

IN VOLLEN ZÜGEN 48

SCHIENENLEBEN 49

UND BOX! 52

AN DEN UNTERHOSEN DER
MÄNNER SCHEIDEN SICH WEIBLICHE
GEISTER 57

VERFÜHRUNGSKUNST ODER
FRÜHLINGSGEFÜHLE IM SUPERMARKT 58

DIE ANNONCE 59

SCHÖNLING ODER SCHÖNER MANN? 60

MANN UM DIE ECKE 61

UND SIE HABEN SICH DOCH 62

DIE LIEBESBEDÜRFTIGEN 63

ZWEI TÜTEN 64

MENSCHEN AN DER SONNE 66

NOBEL, NOBEL 67

FLAMMKUCHEN IM SPÄTHERBST 68

UNANGEBRACHTE RÜGE 70

WASSERBALL 71

WIR-GEFÜHL 72

NÄCHTLICHE STILLE 73

HEIMATORT BEI NACHT 74

DANCING GIRL 75

DER UMWERFENDE CHARME EINER
TÄNZERIN 76

SANDKASTENLIEBE 77

DAS KLASSEMÄDCHEN 78

ICH LIEBE DICH 79

LIEBESSEUFZER 80

DAS GEPLATZTE LIEBESKISSEN 81

DIE NACHTIGALL 84

MAMBO 86

EINE GUTE FIGUR IST KEINE EINBAHNSTRASSE

Du walkst
durch den Regen
walkst um seinen Segen
für deine Figur.

Alles walken
hat jedoch
keinen Zweck
ist sein Bierbauch
nicht weg.

IN HELLER AUFRUHR

Ein Modefachgeschäft
wurde in seiner Außendarstellung
bestohlen.
Am Ständer
mit den heißen Frühlingswaren
waren weniger
als es vorher waren.

Ein Zeuge
der die Diebin gesehen
hatte die Tat gemeldet
und forderte Bestrafung
für das Vergehen.

Die Angestellten
kamen aus dem Geschäft gestürmt
die Täterin war längst getürmt
und riefen mit dem Handy
Polizisten an
weil die Polizei
Diebe besser jagen kann.

DAS BEACHTUNGSHÄSCHEN

Stöckel
stöckel
stöckel
und schon
bin ich da.
Die Party
ist bereits im Gange
alles bestens
wunderbar!

Ich bin
das Beachtungshäschen
dessen Erscheinung
niemand widerstehen kann.
Seht
da schaut
schon einer her
Treffer
der erste Mann.
Da tippel ich
mal hin
und sage freundlich
»Hallo«
grüßt er zurück
habe ich ihn
am Wickel
die anderen
folgen mir sowieso.

Ich hole mir
etwas zu trinken
einen Cocktail
in Farbenpracht
und stelle mich
neben den Auserwählten
mal sehen
was er macht.
Er fixiert mich
und spricht mich an
was für ein netter Mann
jetzt kann er mir
nicht mehr entfliehen
man tut halt
was man kann.

Wir setzen uns
zu den anderen
Partygästen
es gibt
Hummer, Krebse, Röllchen
und andere Delikatessen
zu essen.

Die Blicke
wandern und wandern.
Die meisten streifen
selbstverständlich mich
die anderen Frauen
sind rasend vor Neid
sie tun mir lediglich
ein bisschen leid.

Ich bin richtig froh
denn alle Beachtung
ist jetzt mein
ich bin Mittelpunkt
strahle heller
als der Kerzenschein.

Kurz muß ich mich gedulden
ein Professor
bringt Goethe, Schiller
und Lessing ins Spiel
da stehe ich nackt
alleine auf weiter Flur
über Literatur
weiß ich
nicht viel.

Der Ablauf
meiner Show
verzögert sich
kommt aus dem Takt
doch der Weg
ist das Ziel.

Da ziehe ich
einfach mein Jäckchen aus
das hat die Verona
beim Kerner auch getan
dem Professor
bleibt das Schinkenröllchen
im Halse stecken
er verstummt
mutiert zum sterbenden Schwan.

Ich bin zurück im Spiel
und ziehe
aus meinen Seidenstrümpfen
einen weiteren
von meinen Trümpfen.

Ich nehme
ganz locker und cool
meinen Stuhl
und rücke etwas
vom Tischbein ab
lege das linke
über das rechte Bein
rutsche mit den Oberschenkeln
ein bisschen
hin und her
elektrisiere
erzeuge ein Kribbeln
im ganzen Mann
wippe mit den Füßen
zeige mit der Schuhspitze
auf den Auserwählten
und blicke lasziv
in die Runde.
Man tut halt
was man kann.
Die Männer
fangen an zu schwitzen
wischen sich die Perlen
von der Stirn
und werden sogleich
butterweich.

Der richtige Zeitpunkt
ist gekommen
sich mit dem Auserwählten
der das Zeichen verstanden
diskret zurückzuziehen.

So ein Beachtungshäschen
wie ich
gönnt sich
sein Späßchen
und wird
gerne genommen.

Der Auserwählte
geht auf
des Gastgebers Toilette
mächtig ran
knöpft mir
Rock und Bluse auf
und das Schicksal
nimmt seinen Lauf.
Ich mag es gerne hart
liebe es
wenn der Mann
gar zweimal kann
und über mir
zusammenbricht
mit Worten –
bitterzart.

Die Party
ist für mich gelaufen
einfach vorbei
ich lasse
mein Opfer
ohne Gefühlsduselei
erlegt zurück
und entschwinde
unter der Laterne
hellem Schein
ins Dunkel der Nacht
und bin wieder
ganz allein.

DIE FRAU DES APOTHEKERS

Die Frau des Apothekers
hat die Klasse
eines heißen Fegers.
Seit kurzem
läuft sie
mit einem Trainingsanzug
der auf dem Rücken
mit Buchstaben weiß beflockt
durch den Stadtpark
und joggt.

Ob mit kurzen Shorts
oder langer Hose
ob mit Begleitung oder ohne
wenn die Frau des Apothekers joggt
den Männern
auf dem Weg
der Atem stockt.

Des Apothekers Frau
ist integer.
Ein natürlich
heißer Feger.

AUCH BLONDINEN KÖNNEN EIN WUNDER SEIN

Ich wollte mit dir
ins Kino gehen
den Banderas
und die Zeta-Jones ansehen
doch kaum
hatten wir Platz genommen
bist du
über mich gekommen.

Ob Rück-
oder Kinositz
im Sitzen
mochtest du
den innigen Kuß
und als ich aufschaute
lief der Abspann
des Filmes Schluß.

Wir blieben
noch etwas sitzen
für kein Geld der Welt
hätte ich das Kino verlassen.
Du warst
blond wie ein Weizenfeld
liebesbedürftig
und in Fahrt.

Mein Glück
war für den Moment
kaum zu fassen.

WARTEN AUF DIE FRAU FÜRS LEBEN

Sie haben
mich oft enttäuscht
die falsch projezierten
Vorstellungen.
Sie haben
dunkle Kapitel
in mein Herz
geschrieben.

Doch ich habe
Stand gehalten
bin bei mir geblieben.
Nun warte ich
sehnsüchtig
auf dich
denn ich habe mir
Glaube, Liebe
und Hoffnung
auf die Fahne
geschrieben.

RENAISSANCE DES LÄCHELNS

Wohin das Auge blickt
nur grimmige Gesichter.
Keiner lacht mehr.
Was so eine Minderung
des Wohlstands
an ihn gewohnte Menschen
anzutun vermag.

Plötzlich lacht ein Mensch.
Schallend und herzhaft.
Die Ansteckungsgefahr
ist nicht groß.
Leider.

Wann lernen die Menschen
endlich wieder
dass ein Lachen ein Lachen ist
sich grundsätzlich
durch keinen Umstand der Welt
verbieten lassen kann?

DIE KATZE AUF DEM FENSTERSIMS
-für Simba-

Da hüpft
der schwarze Kater
mit einem Sprung
auf den schmalen Fenstersims.

Die Pfote
am Fensterknauf
die grünen Augen
mit forderndem Ausdruck
immer zum Sprung bereit
bittet er
mit einem »Miau«
um Einlaß.

»Nimm doch die Terrassentüre«
möchte man ihm zurufen
da ist er abgesprungen
und schleicht
von dannen.

DER GETRÄNKELASTER

Im Sommer
wenn die Hitze
unerträglich
fährt er täglich
von Haus zu Haus
um der Menschen
Durst zu stillen
und ausnahmsweise
bittesehr
nehmen sie
zwei, drei Kästen
mehr.

So gerne gesehen
war der Lieferant
selten zuvor
man öffnet
ihm das Eingangstor.
Durst
ist schlimmer als Heimweh.

Wenn er abgeladen
winken ihm
die Belieferten
hinterher
der Lieferant
soll bittesehr
bald wiederkommen.

Kurze Zeit
nachdem er
zum Hofe hinausgewunken
sind die Getränkekästen
leergetrunken.

IN DER CHIRURGISCHEN AMBULANZ

Mein Finger ist geklebt
und du liegst im Gang
auf einem Bett
die Jeans
hochgekrempelt.

Dein Bein
ist auch
malade schön
ich schaue
dich im Vorübergehen an
und bemerke
wie hübsch
du bist.

Warst du schon dran
oder nicht?
Ich hoffe
mein Lächeln
stützt dich.
Ich schaue zurück
und schenke dir
noch eins.
Doppelt hält besser.

DER WEGGEFÄHRDER

Da aktiviert er
lautstark seine Klingel
»Auf die Seite,
Leute.
Jetzt komme ich!«

»Wird er wohl
sein Tempo
verringern!«

Dieser Weg
ist für Fußgänger
und Radfahrer
gleichermaßen
nutzbar.
Mit aufrechter Haltung
und bitterernster Miene
setzt er
seine Irrfahrt
fort.

»Klingeling
klingeling.
Aus dem Weg.
Jetzt komme ich!«

Man würde ihm
ein Bein stellen wollen.
Aber wer ist
schon gerne
Plattfuß am Remsufer?

SIE LÄUFT UND LIEST

Da läuft
eine junge Frau
durch die Straße.
Das aufgeschlagene Buch
vor Augen
riskiert sie
ein Verkehrshindernis
zu werden.

Autos
Fahrräder
und andere
Fußgänger.
Alle scheinen
ihr ausweichen
zu müssen.
Das Buch
muß spannend
sein.

Sie ist
ungefähr in der Mitte
angelangt
an der Stelle
wo der Seitensprung
passiert.
Sie muß aufpassen
sonst wird
ihr ein Unglück
geschehen.

Das erste Auto
biegt um die Ecke.
Sie blickt kurz auf
wagt ihrerseits
einen Seitensprung
und liest weiter.
Sie erreicht den Bahnhof.
Der Zug fährt ein.
Dort kann sie weiterlesen.
Im Abteil
zwischen den Abteilen
auf der Toilette –
überall.

Bequem
ungestört
und risikolos.

ZAHNFLEISCHBLUTEN

Eine Frau
steht auf der Straße
nimmt von ihrer Zigarette
einen letzten Zug
hat vom blauen Dunst
vorerst genug
und wirft
den Stummel
neben den Schacht.

Ein Kind
bei der Mutter
an der Hand
findet das
gar allerhand.
Es bückt sich
schaut und sagt
»Die ist ja rot.
Kann man das
dem Kanal zumuten
die Frau hatte ja
Zahnfleischbluten.«

Die Mutter sagt
es sei nicht wahr
streicht ihrem Kind
sanft übers Haar
und spricht
von einem Lippenstift
der beim Rauchen
auf den Filter trifft.

Ein Mann
nimmt von seiner Zigarette
einen letzten Zug
hat vom blauen Dunst
vorerst genug
und wirft
den Stummel
neben den Schacht.

Das Kind
bei der Mutter
an der Hand
findet das
gar allerhand.
Es bückt sich
schaut und sagt
»Die ist ja rot.
Kann man das
dem Kanal zumuten
der Mann hatte ja
Zahnfleischbluten.«

Die Mutter sagt
das könne nicht sein
und schiebt dem Kind
ein Bonbon
in den Mund hinein.

Da spuckt
der Mann
einen Kirschstein aus
und einen Zahn
hält die Hand
vor den Mund
zeigt etwas Scham
und läuft
schnell nach Haus.

Und die Moral
von dem Gedicht:
Kinder
lasst euch
nicht verwirren.
Auch Eltern können
manchmal irren.

KINDER AN DIE MACHT!

Das Kind fragte
den Politiker
warum er
nicht immer
die Wahrheit
sage.

Der Politiker sagte
er könne
diese Frage
nicht beantworten
was wieder
nicht der Wahrheit
entsprach.

Das Kind
wechselte
das Thema.
Es fragte
den Politiker
nach dessen Hund.
Da lächelte er
und gab bereitwillig
Auskunft.

Das Kind
hatte Weitsicht
bewiesen.

FESTTAGE DES LEBENS

Die Festtage des Lebens
sind selten die kalendarisch vorgegebenen
sind selten Geburtstag,
Taufe, Konfirmation,
Kommunion und Hochzeit.

Es sind die Tage
an denen man anderen
mit sich selbst
ein Fest bereitet.

Menschliche Erntetage
an denen man das Eins sein
mit sich und der Welt
überdeutlich spürt.

Tage
an denen einem
keiner was kann
an denen man
über den Marktplatz läuft
und die Blicke bekommt.
Anerkennend und neidlos.

DER EINWOHNER

Ein Wohner
wohnt neu
in einer Stadt
womit die Stadt
um einen Wohner
mehr Einwohner
hat.

DER TAG,
AN DEM DIE BABIES STREIKTEN

Es war
ein heißer Tag
im Juli
und überall
in den Anlagen
des Stadtparks
hörte man
Babies schreien.

Die Mütter
saßen im Schatten
reichten ihnen
Trinkfläschchen
in die Kinderwägen
strichen ihren Babies
über die schweißgeperlte Kopfhaut
ihres flaumigen Hauptes.

Nichts wollte helfen
sie zu beruhigen.
Kein gutes Zureden
kein Schaukeln
keine Rassel
kein »Babysitter-Boogie«
von Bendix
nix.

Die Mütter
zogen von dannen.
Schattig war nicht
gut genug.
Es musste
ein kühleres Plätzchen
gefunden werden.
Ein Babydrom
mit Schlafgelegenheit.

ANDERS ARTIG

Das Kind
das angeblich
andersartig
war eben
anders artig.

Die Eltern
waren über
dessen Verhalten
höchst erfreut
obwohl sie
es ihm anders
eingebleut.

Das Kind
hatte die Qual
der Wahl
es war
anders normal.

TV LADYLIKE

Kaum hatten
die Politiker
den Farbfernseher
freigeschaltet
da scheiterte
der erste
mediale Emanzipationsversuch.
Carmen Thomas
stolperte als
»Jeanne d'Arc der Sportmoderation«
über »Schalke 05«
und kam
über Umwege
zum Urin.
Doris Papperitz
biß sich
am Sportstudio-Patriarchat
die Zähne aus.

Die Puppen
wurden in seichten
US-Import-Straßenfegern
präsentiert.

Krystle lief abends
nach auskurierter Tagesmigräne
die Treppen hinunter
und konnte ihrem Blake
dem starken Denver-Clan-Boß
die Wünsche
von den Lippen
ablesen.
Sue Ellen
goß sich
in«Dallas"
einen weiteren Drink
ins Glas
um J.R.s Demütigungen
besser zu ertragen.

Die »Lady mit dem Colt«
wurde abgeschafft.
Emanzipation über Gewalt
funktionierte nicht.

Da musste
Hella aus Gummersbach
eine mediale Tortenschlacht
inszenieren
um uns
zu beSINNEN.

Hugo Egon ließ
bald darauf
nackte Puppen tanzen
und verteilte
ordentlich Länderpunkte.
bevor Kommissarinnen
die weibliche Position
im Fernsehen festigten.
Die Elsner
die Berben
die Folkerts
und Bella
die wirklich
»from the block«
war.

Die Polittalkköniginnen
Christiansen
und die hübsche Maybrit
mit »charmantem Kommandoton«
inmitten hartgesottener Politiker
aus Berlins Mitte moderierend
und Zuschauer
»zum Vermehren
der gewonnenen Einsichten«
einladend
schafften endgültig
den Durchbruch.

TV Ladylike.
Von Frauen
für beide Geschlechter.

PHILOSOPHEN UNTER SICH

Am Kaminfeuer
wird des Nachts
heftig diskutiert.
Internationale
Spitzenphilosophen
reden in dunkler Atmosphäre
über transnationalen Nationalismus
plötzlich auftretende Plötzlichkeiten
in der Definition des Eventbegriffes
die Kriminalökonomie
transnationaler Konzerne
und die Retorialisierung
des Sicherheitsbegriffes.
Begriffstutzigen werden
Sekunden nach Sendebeginn
die Flügel gestutzt.
Der geistige Höhenflug
ist sphärisch gestört.

Ein wild gestikulierender
italienischer Philosoph propagiert
die Rückkehr der Utopien.
Virtuell schwebt
Harald Schmidt
in der Rolle
des Claus Peymann
Handkes gesellschaftlichen Utopien
reflektierend
über dem Kamin.

Zu bemängeln
gilt das relativ
unansehnliche Erscheinungsbild
der Philosophen.
Der wie aus dem Ei
gepellte Moderator
eine objektiv
visuelle Ausnahme.

Schlichtere Seelen
haben zu später Stunde
längst auf
einen Sender gezappt
wo »die Puppen tanzen«.
»Sex in the night«.
Die Philosophie
unreflektierter Geilheit.

Es ist wieder
spät geworden
am Kamin.
Ein kluger Satz
und ein Kameraschwenk
auf Cover
lesenswerter Bücher
beenden die Intellektuellenshow.
Die dramatische Abspannmusik
begleitet das Rauschen
auf den Bildschirm gelegter
wild brausender Wogen.

Die Lichter
gehen aus.
Der Philosophen Geist
verschwindet
unter dem Flaschenpfropf.
Wertvolles muß behutsam
gelagert werden.

U STATT E

Er hatte sich
im Aufzug verwählt
und landete
im Unter- statt
im Erdgeschoß.
Ein Knopfdruck
und die Sache
war korrigiert.

Er hatte
eine Buchhandlung betreten
und landete er
im Untergeschoß
bei E
im Erdgeschoß
bei U.

Er wollte sich
eine Landkarte kaufen
und musste
ins Obergeschoß.

IN VOLLEN ZÜGEN

Er sagte
er lebe
in vollen Zügen
und stand
in Indien
auf dem Trittbrett
eines überfüllten Busses.

SCHIENENLEBEN

Zugführern sagt man nach
sie verbrächten ihr ganzes Leben
mit dem Zug.
Ein Drittel auf Arbeit
zwei Drittel
mit in Träumen schwelgen
ob des in Erfüllung
gegangenen Jugendtraums.

Schaffnern sagt man nach
sie verbrächten ihr ganzes Leben
im Zug.
Ein Drittel auf Arbeit
zwei Drittel
als Fahrgast
der sich die Fahrkarte
von Kollegen
zwicken lässt.

Gleisarbeitern sagt man nach
sie verbrächten
zwei Drittel des Tages
auf dem Gleis.

Ein Drittel
um es zu reparieren
das andere
um nebenberuflich
bis 1 Uhr
den Graffitisprühern
neben den Schienen
Schmiere zu liegen
damit der Zug
deren Kunst
nicht von vorne
überrollt.

Flexiblen Arbeitnehmern
die ihre Wohnung
am anderen Ende
des Arbeitsplatzes
als Schlafstätte behalten
sagt man nach
sie verbrächten
ein Sechstel des Tages
im Zug.
Morgens
zwei Stunden hin
und abends
rattert der Zug
die müder Krieger
nach Hause zurück.

Werbekampagnen
der Deutschen Bundesbahn
sind für die Katz
die sich
zwischen 1 und 4 Uhr
auf die Schienen legt.
Da kommt bestimmt kein Zug.

UND BOX!

Samstag für Samstag
wird geboxt.
Ob in Magdeburg,
Erfurt oder Riesa
irgendwo in
den Neuen Bundesländern
versammeln sich
Zuschauer, Ring- und Punktrichter
um den Fight
zweier Boxer
hautnah mitzuerleben.

Bis aufs Blut
kein Weg zu weit
laufen die Kontrahenten
zu ihrer Lieblingsmusik
in den Ring.
Milieufremde
zarte Streicher
und Streicherinnen
spielen die Nationalhymnen
der Ringrichter
erklärt die Spielregeln
und trichtert absolute Fairness ein.

Der Hallensprecher
kündigt »Round One« an.
Das leichtbekleidete Nummerngirl
stolziert auf hohen Hacken
durch den Ring
und hält die Tafel
mit der Rundenzahl
hoch.
Ihr Hintern wackelt
als hätte sich dort
eine Hundertschaft
Hummeln versammelt.
Vereinzelt
erntet sie
anerkennende Pfiffe.

Die Spannung steigt
die Atmosphäre kocht hoch.
Es kann losgehen.
Die Boxer
schlagen aufeinander ein.
Die Fäuste fliegen.
Mal ist es technisch
hat mit Sport zu tun
mal weniger.

Runde für Runde
werden wertvolle
Punktvorteile erkämpft.
Da fliegt schon mal
der Mundschutz
auf den Boden
oder das Auge
eines Tigers
bekommt einen Cut
und blutet.
Der Vorrat
an Wattestäbchen
in der Ringecke
ist ausreichend.

In den Kampfpausen
werden Spucknapf,
Wasser und Handtuch
gereicht.
Fachlicher Kommentar
des Trainers
»Die Führungshand
muß weiter rüber«
wechselt
mit väterlich
aufmunternden Worten
»Du schaffst das
mein Junge«
ab.

Das Handtuch
wischt einmal drüber.
Besser wischen
als fliegen.
Es geht weiter.
The show must go on.
«Und box!"

Die attraktiven Ehefrauen
fiebern am Ringrand mit.
»Da trifft er schön die Leber«
analysiert der Kommentator
nüchtern sachlich.
Die Glocke läutet
die zwölfte
und letzte Runde ein.
Der Kampf steht
auf des Messers Schneide.
Der knapp zurückliegende Boxer
gibt nochmals alles
versucht den K.O.
Von der geforderten Führungshand
des möglichen Siegers
ist nichts zu sehen.
Er weicht aus
und klammert sich zum Sieg.
Die letzten Sekunden verrinnen.
Der Kampf ist aus.

Der Sieger lässt sich feiern
und wird interviewt.
Er hat große Kasse gemacht.
Der nächste bedeutende Kampf
ist ihm sicher.
An irgendeinem Samstag.
In Magdeburg, Erfurt, Riesa.
Irgendwo in den
Neuen Bundesländern.

AN DEN UNTERHOSEN DER MÄNNER
SCHEIDEN SICH WEIBLICHE GEISTER

Von mancher
Frau von Welt
wird gesagt
dass sie sich
über der Männer Unterhosen
beklagt.

Farbig und sexy
soll sie sein
sonst riskiert sie
nur einen halben Blick
und zieht ihre Zauberhände
schnell zurück.

So manch
andere Frau hingegen
ist verwegen.
Sie legt auch Hand an
die weiße Schiesser
ist durch und durch Genießer.

VERFÜHRUNGSKUNST ODER FRÜHLINGSGEFÜHLE IM SUPERMARKT

Wenn du
in der Kassenschlange
stehst
dich leicht
über den Einkaufwagen
beugst
und dein schöner Pferdeschwanz
bis zum Po reicht
fliegen Hummeln
durch den Supermarkt.

DIE ANNONCE

Suche Frau
zum Pferde stehlen
die im Dunkel
einer kalten Winternacht
in meinem Herzen
ein Feuer entfacht.

Wenn du auch mal
erfroren bist
und ganz allein
dann melde dich
so schnell du kannst.
Ich möchte
bei Sonne
und im Mondenschein
für immer
dein warmer Sommer
sein.

SCHÖNLING ODER SCHÖNER MANN?

Er soll dorthin
wo der Pfeffer wächst.
In so einen Schönling
warst du früher verschossen
und hast
bittere Tränen
vergossen.

Doch er schaut dich an
gerät ins Schwärmen
und würde gerne
dein Herz
von innen erwärmen.

MANN UM DIE ECKE

Schon wieder
schleicht eine Frau
um mich herum
sucht vor meiner Brust
an meinen Schenkeln
zwischen meinen Händen
vor meinem Kopf
nach einer CD.
Eine fällt sachte
auf den Boden
und als ich
auf den ältesten Trick
hereinfalle
biegt ein Mann
um die Ecke.
Sein breites Grinsen
und ein
»Kann ich dir helfen,
Schatz?«
schlagen mich
in die Flucht.

Er ist
in die Eifersuchtsfalle
hineingetappt.

UND SIE HABEN SICH DOCH

Sie waren
über eine Immobilie gestolpert
und hatten Schulden gemacht.
Der ältere Herr
und seine
etwas jüngere
attraktive Frau.

Sie gingen
gemeinsam
durch das tiefe Tal.
Es hatte
nicht gerumpelt
nicht gekracht.
Sie liebten sich
auch in finsterer Nacht.

DIE LIEBESBEDÜRFTIGEN

Nachts
da schnurrte sie
wie ein Kätzchen
durch die Wand.
Liebe machen verband.

Am nächsten Tag
lief sie Hand in Hand
mit ihrem Mann
der sie die Nacht zuvor
so glücklich gemacht
verschmitzt lächelnd
durch die Stadt.

ZWEI TÜTEN

»Zwei Tüten?«
sagt die Kassiererin
und schaut ihn
fragend an.
»Ja«
sagt er lächelnd
und schaut
auf ihre reifen Äpfel
die sich unter ihrer Kittelschürze
mit aufgesticktem Firmenemblem
abzeichnen.

Auf das Band
fällt ein runder Knopf
und die Kassiererin
bekommt einen
hochroten Kopf
da das kleine Malheur
deutlich offenlegt
dass sie darunter
keinen BH trägt.

»Ich wollte eben fragen
ob Sie mein 2-Euro-Stück
zu meinem vollkommenen Glück
in zwei einzelne Münzen
wechseln könnten«
sagt der junge Mann
und schaut
so gut er kann.
Er reicht ihr
auf dem Teller
seiner flachen Hand
den Knopf
den es wieder
anzunähen gilt
schaut ihr
tief in die Augen
und ist ganz schön wild.

MENSCHEN AN DER SONNE

Menschen an der Sonne
verbreiten Spaß
haben Laune, Lust
und Wonne.

Auch wenn
sie nicht immer
sonnige Gemüter haben
sieht man sie
sich gerne
an der Zentrale
des Planetensystems
erlaben.

NOBEL, NOBEL

Der Feinkosthändler
liefert an
gehobene Gastronomie.
Doch im Restaurant
sieht man
selten Gäste
eigentlich nie.

FLAMMKUCHEN IM SPÄTHERBST

Das Animierendste
was von einem Biergarten
im Spätherbst übrigbleibt
ist das blaue Schild
auf dem in großen Lettern
Flammkuchen
steht.

Das Wasser
läuft einem
im Munde zusammen
wenn man sich
das luftige Etwas
vorstellt.

Der Laden ist dicht
anstehen nicht drin
die Stühle
lange hochgestellt.

Die Blätter
fallen auf
den kahlen Erdboden.
Es ist diesig
es ist regnerisch
es ist kalt.

Was bleibt
ist der Traum vom Anstehen
für den Flammkuchen
im nächsten Sommer
wenn Tische und Stühle
zum Verweilen einladen
und blühende Bäume
Schatten spenden.

UNANGEBRACHTE RÜGE

Sie sagte
mein Portemonnaie
in der Hosentasche
wirke zu dick
und ob ich nicht
das gute Stück
in eine andere Tasche
packen könne.

Ich sagte
so etwas komme
nicht in Frage
denn heutzutage
mache nicht die Schale
jedoch der Inhalt
den Sinn
und meinem Portemonnaie
dürfe man gerne ansehen
dass in ihm
etwas drin
sei.

WASSERBALL

Da treibt
ein weißer Ball
uferabwärts
und keiner
hält ihn auf.
Niemand streitet um ihn
er hat ungebremsten Lauf.

Er wird
schneller und schneller
prescht vor
steuert zwei
aus dem Wasser
ragende Pfosten an
und geht ins Tor.

WIR-GEFÜHL

Das Ego spielt
naturgegeben
eine Rolle
in jedem Menschenleben.

Doch lieber Egoist
ich sage dir
besser ist es
das Ich
gesellt sich
zum Wir.

NÄCHTLICHE STILLE

Das weite Feld
eingebettet in
verdunkelte Landschaft.
Wie Ruhe vor dem Sturm.

Die Gefahr
ein moderner Napoleon
könnte seine Truppen formieren
um für nächtliche Ruhestörung
mit seinem finalen Waterloo
bedacht zu werden –
latent vorhanden.

Ein leichter Sturm
kommt auf.
Dann wieder Ruhe.
Die Seele tankt
und dankt.
Der nächste Tag
kann kommen.

HEIMATORT BEI NACHT

Nachts gestaltet
sich der Gang
durch die Straßen
der Kindheit
einfacher.
Langsamen Schrittes
läufst du
passierst die Orte
die mit Geschichten
verbunden sind.
Du spürst
die zeitliche Entfernung.
Schöne Erinnerungen
keimen auf
lästige legen sich
unter frisch
geteerten Asphalt.
Du spürst Vergangenheit
und merkst
wie sie Wurzelwerk
für Gegenwart
und Zukunft
ist.

DANCING GIRL

Es tanzte ein Girl
an einer Stange.
Es trug ein Nichts
von der Stange
und zum Entzücken
ihrer Kunden
bog sich ihr Körper
ward um die Stange gewunden.

Dem etwas
schüchternen Betrachter
legten sich Perlen auf die Stirn
ihm wurde Angst und Bange
und in seinem
flachen Hosentürchen
schwoll dem Mann
eine kleine Wurzel an.
Dem Girl
als Applaus
entgegen.

DER UMWERFENDE CHARME EINER TÄNZERIN

Liebe Tänzerin
mit dem trainierten Body.
Du hast bestimmt
keine Kreislaufprobleme.
Wenn deine Beine
zur ersten Schrittfolge ansetzen
springt geballte Erotik
von der Strumpfnaht
auf deinen Tanzpartner
über.

Die körperliche Nähe
deine Aura
dein Lächeln
dein Blick
elektrisieren
und das Parfüm
gibt ihm
den angenehmen Rest.

Du hast
den Erotikfaktor
gepachtet.
Die Blicke
der Zuschauer
wandern
werden immer
dein sein.

SANDKASTENLIEBE

Ich liebe dich
seit ich denken kann
sagte sie
und er
um das Schönste
aller Komplimente
bereichert
überlegte
ob er schon
zur Liebe fähig war
als er denken konnte.

DAS KLASSEMÄDCHEN

Als er nicht
mehr suchte
fand er sie
im Café.
Ein Mädchen
wie Buddy
aus der
»Amerikanischen Familie«.
Zurückhaltend
einfühlsam
intelligent
und hübsch.

Als sich ihre Blicke trafen
erklang im Radio
»Love me tender«.
Er war sich sicher
sie niemals
zu verlieren.

ICH LIEBE DICH

Heute muß ich dir
etwas gestehen.
Ich habe mich
in dich verliebt.
Du bist du.
Authentisch.
Du sagst deine Meinung
auch wenn Gegenwind
zu erwarten ist.
Du schwimmst
etwas gegen den Strom
fischst in trüben Gewässern
tauchst immer wieder auf
einen Grad reifer.

Heute muß ich dir
etwas gestehen.
Ich habe mich
in dich verliebt.
Nein, es ist mehr.
Ich liebe dich.

LIEBESSEUFZER

Eine Frau
die bei der Liebe
nicht juchzt und stöhnt
gehört ab sofort
nicht mehr verwöhnt.

Er möchte sehr
dass es ihr gefällt
eine bei der Liebe
engagierte Frau
ist das Schönste
auf der ganzen Welt.
Nichts auf derselben
macht ihn mehr an
den sie liebenden Mann.

DAS GEPLATZTE LIEBESKISSEN

Das megagroße Liebeskissen
lag pink, abwaschbar
und aufgeblasen
auf dem frischgemähten
grünen Rasen.
Das Liebespaar
wollte sich
hinter hohen Hecken
vor gierigen Nachbarsblicken verstecken
und sich schön lieben.

Es war möglich
und darin bestand
der besondere Kick
dass die Nachbarn
sich selbst
einige Stockwerke
höher schicken
um den Liebesakt
besser zu überblicken.

Ein älterer Herr
im 12.Stock vom
gegenüberliegenden Häuserblock
entdeckte als Erster
die Situation
bekam einen Schock
und ging auf Tauchstation.

Er hatte
eine zündende Idee
richtete sich wieder auf
und das Schicksal
nahm seinen Lauf.

Als Imker
schlug er
auf seine Weise Alarm
und schickte
einen Bienenschwarm.
Er flog
gleich mit dem halben Volk
in die Liebesbucht
und schlug
das Pärchen
in die Flucht.
Das Bienenvolk
machte sich
über das Kissen her
und bestückte es
mit einem Stachelmeer.

Nach wenigen Sekunden
kamen für das weiche Teil
und die Knie
von Bussibär und Zaubermaus
das Aus.

Es machte »Zisch«
die Luft war raus
und der Nachbar
hinter den Vorhängen
spendete Applaus.

Die armen Bienchen
hatten ihre Schuld getan
und konnten nicht mehr gehen.
Sie waren
vom Auftrag des Imkers geblendet
bei dessen Ausführung
ehrenvoll verendet.

Das Liebespärchen
kam mit einem Teppich zurück
räumte das Schlachtfeld auf
nahm dem Schicksal seinen Lauf
legte sich auf das persische Stück
und versuchte nochmals sein Glück.

DIE NACHTIGALL

Schöne Nachtigall
ich hör' dir trapsen
die Treppenstufen hoch.
Trau dich
an meiner Tür zu klopfen
und komm herein
ich liege hier allein
wach in meinem Schlafgemach.

Betrittst du
meine kleine Suite
in einem Netz-Cat-Suit
mit offenem Schritt
so nehme ich dein Angebot an
und mache gerne mit.

Legst du dich
mit dem Bauch auf's Bett
und bietest mir kokett
deinen Rücken an
erwacht in mir der Mann.

Ich bin erlegt
und möchte mit dir
all die schönen Dinge tun
danach werden wir
für Stunden ruh'n
und in der nächsten Nacht
wenn ich dir wieder trapsen höre
auf leisen Sohlen
werden wir
unser Liebesspiel
wiederholen.

MAMBO

In flirrend heißer Sonne
stand ich im größten Stau
und erblickte durch die Seitenscheibe
einen Traum von einer Frau.

Sie hatte schöne Formen
und gefiel mir natürlich sehr
sie schenkte mir ein Lächeln
und blickte zu mir her.

Plötzlich begannen
hinter mir die »bösen Buben«
lautstark zu hupen.

Elektrisiert von ihrem Blick
fing mein Herz zu tanzen an
und ich warf ihr verwegen
meinen Dackelblick entgegen.
Sehnsuchtsvoll und mit Elan
Marke sterbender Schwan.

Mit einem Augenzwinkern
verabschiedete ich mich
von meinem Flirt
dem kleinen Spaß
und drückte aufs Gas.

Vor mir
waren die Autos in Scharen
bereits 50 Meter weitergefahren.